KB235118

북간도 사모곡

월랑 문희주 회갑기념 시집

북간도 사모곡

문희주 지음

이담
Books

序詩

감사하므로 그 문을 열리라

문득 뒤돌아보니
나는 너무 멀리 와 있었다.

아이가 뛰놀던 그 해변에는
오늘도 그때 갈매기가 나르고
대양을 가르던 나의 배는 아직 항해 중이다.

쉬지 않는 항해, 중국 대륙 20여 년
나의 사랑하는 많은 제자들과
나를 찾아 주는 아름다운 소식들과
아픔으로 잉태한 나의 분신인 책들과
결코 머물지 않는 나의 꿈과 소망이 있는 한

나는 정말로 행복하다
다시 내 고향을 보지 못해도
나를 인도해 주신 그분과 함께라면
나는 가리라
감사하므로 그 문을 열리라!

차 례

나를 찾아 떠납니다

영혼을 위해 자유를 위해

어머니 북간도의 봄입니다

산행화山杏花 봄 아가씨

산등성이 타고 피는 꽃구름 따라
행여 님 오실까 초막을 짓고 기다려도
님 오잖아 강반으로 나갔더이다

님을 잡던 얼음 풀려 속삭이는 봄 소리
버들개지 눈떠서 님 오시나 하여서
살며시 눈을 떠 바라봤더니
무리무리 무리지어 노래하더이다

님은 꽃따라 이미 왔는데
오신 님 모르고 님 찾아 나서
님 보았나 산을 향해 물어봤더니
아직도 깨지 않아 모른다는데
앞 강물 일찍이 님 보았다며
저기저기 깨어서 님 맞는다 하더이다

깨어서 님 맞는 이 복이 있나니
쇠케드 봄 아가씨 깨어 님을 맞더이다.

* 산행화山杏花: 산살구꽃

쇠케드: 히브리어로 살구꽃이며 '깨어라'라는 뜻이다.

2009년 4월 26일

동토의 땅에도 봄이 올까요?

우수에는 대동강도 풀린다는데
경칩에도 땡땡한 부루허퉁허
청명이면 풀릴까 기다려도 감감 부루허퉁허
그래도 춘분이면 풀리겠지요

얼었던 북간도에 봄 올 때면, 어머니
외삼촌이 살던 곳도 봄이 올까요?
원산가신 외삼촌은 소식이 없어
곱던 누님 기다리다 병 얻어가셨는데, 어머니
외삼촌도 누나도 보시는지요?

어머니, 북간도에 봄 오고 길이 열리면
훈춘에서 원산까진 반나절인데
생전에 가고팠던 원산 땅 명사십리
지금은 동토 갈 수 없는 땅
어머니 동토의 땅에도 봄이 올까요?

소하룡의 봄 1

울어 피어 산행화 눈물 적시어
흐르지 못하리라 얼었던 가슴
메마른 어미 젖줄 흐르더이다.

쑥 버무려 개떡 보릿고개를
조급잖은 언덕길 그도 힘겨워
어미는 굽은 등을 세웠더이다

겨우내 누렇게 떠 지친 얼굴에
게으른 만주 봄 기지개 펴고
새서방 부끄럽던 새애기 첫 날밤이
부끄러워 피어나던 새애기 낯빛으로
피어나는 봄처럼 아련한 옛이야기
어머니 새록새록 피어 잔달래더이다.

2010년 어버이날
연길시 소하룡에서

소하롱의 봄 2

사천포沙天佈 벗어두고 낯을 씻던 날
겨우내 기다려 숨죽이던 소망들
바스락 바스락 깨어 일어나더이다

청청 푸르러 빗대어도 못 이룰 꿈
한 갓 작은 상록의 꿈 일진데
소목小木 일으켜 춘풍春風 말하더이다

겨우내 빛바랜 이불 재치고
노오란 새풀 옷 갈아입은 새애기
눈길 포시시 부끄럽다 하더이다

조붓한 산등성 님 맞으려고
아장아장 산 너머 마실 나실 때
산행화山杏花는 내려와 부르더이다

님이여 오소서 우리의 침실로
나는 푸른 비단 금침을 깔아 놓고

님 기다려 한 날 기다렸더이다.

봄 익어 저리 터져나는 부활
나는 문 열어 님 맞으오리니, 님이여
보소서 우리 봄이 저리오이다

해가 저도 좋소이다 불 밝혔으니
님의 향에 취해 나는 죽어 좋사오니
천상 향한 님의 꿈 더하리이다.

기다려 부활의 소망 펼치고
님이여 보소서 우리의 봄이 저리오이다.

2010년 어버이날
연길시 소하룡에서

어머니 북간도의 봄입니다

어머니!

당신이 그토록 싫어하던 봄입니다.

돌담 사이로 불어 일던 제주의 찬바람이 힘을 잃고

그 울타리 가엔 4.3에 돌아가신 외삼촌들의

동백꽃처럼 스러져간 그 아린 자리에

유채꽃은 왜 그리도 고와 우리를 울렸던지요

어머니!

당신이 계셨더면 아린 동백도, 눈물겹던 유채꽃 노란빛도 아닌 당신의

속을 닮아 그저 하얗게 바래버린 이 살구꽃을 드리고 싶습니다.

그리고 다시 풀리지 않을 것 같던 북간도 이 땅을 갈아엎듯이 우리의

아픈 옛날은 갈아 엎어버릴 것입니다.

어머니!

고향 바라는 내 마음 살구꽃처럼

유년의 그날로 당신을 찾아가고 싶습니다.

남쪽 밭에는 옥수수를 심고 북쪽 밭에는 속 푸른 청태 심어 익으면

제 손으로 여름날 어머니가 삶아주시던 옥수수도 찌고

청태로 고물 뿌려 시루떡을 쪄 드리고 싶습니다.

어머니!
오월의 해는 길어 보릿고개만큼 길다 해도
들을 누비던 그날의 봄나물들이 이제는 모두 귀한데
민들레 달래는 붉은 고추장에 새콤달콤 겉절이 하고
쑥, 냉이, 꽃다지는 된장 풀어 국 끓이고
뒤뜰에 부추 베어 토닭알에 전부치고
앞산서 딴 진달래 꽃잎으로 화전도 굽어
어머니 봄밥상을 차리고 싶습니다.

어머니!
앵두꽃이 피었습니다.
당신이 아들을 기다리던 그 긴 날들만큼이나
쉬임 없는 간절한 기도가 어렸습니다.
오랜 날을 떠돌다 북 간도 먼 땅 이르러, 어머니 오늘은
그리기만 하는 머언 남녘땅을 바라나이다.

어머니!
얼었던 땅을 보듬는 작은 제비꽃마냥
어머니 품을 그려봅니다.
당신은 지금 너무 멀어 찾을 수 없는 데
눈물어린 내 마음마냥 제비꽃이 울다 지친 봄날입니다.

어머니!
당신은 너무 멀리 계신데…

2011년 5월 8일 어머니날에

배꽃 새애기

봄볕 따사로운 고향 길따라

방긋 웃는 새애기 마실 나설 때

강 건너 사모하던 한 마실 총각

백양나무 푸린 빛 몸 사리고 있다가

새애기 만날까 행여 서성거렸더이다

몸 단 총각 새애기 집 찾아나서

새애기 제게 달라 간청해볼까

맴돌다 맴돌다 가슴 앓다가

마음은 간절하나 숫기가 없어

먼 산 바라 긴 한 숨 내쉬었더이다

새애기 그리다 하얗게 지샌 총각

흰 저고리 새애기 봉긋 솟은 가슴보고

하얗게 질려 숨 막힌 총각

남산을 내 달아 뛰어가더니
타는 가슴 못 달래어 몸 던졌더이다

말 못하고 죽어간 님을 그리다
그리다 속이 타 바래인 가슴
소복 입어 애달파 울어 그리오이다.

2011년 5월 18일
용정 해란강변 배꽃축제에서

청국장을 만들며

북간도 기름진 평강벌에서 씨 뿌려 노란 황금 거뒀습니다.

쇠 거름 쳐 새봄에 씨를 뿌리고 여름 내 호미질해 대를 세우고 이웃

농군 빌어서 때렸습니다.

뾰족하고 교만한 옷 벗어집니다.

만신창이 너덜너덜 넝마 벗으며

좌르르 좔좔 황금방울 합창하며 저리 쏟아집니다.

가마솥 시집媤家에 물을 붓고,

장작으로 아궁이에 불을 지피자 시어미 펄쩍펄쩍 소리칩니다.

한참 자나 싶었더니 눈물집니다.

시집살이 서글퍼 우는 냥이 새색시 금이의 울음입니다.

풀이 죽어 나른한 금이 모습이 애처롭다 싶어도 이겼습니다.

고된 시어미 시집살이를 감당한 새댁의 모습입니다.

진황 빛 아이엄마 모습입니다.

시어미 죽어 허연 상복을 입고

볏짚으로 머리에 건도 두르고

그렇게 한참 삭았습니다.

큼큼한 냄새가 제격인 것이
영락없이 시어미 맛 닮았습니다.

장을 담그며

발로 짓이겨야 그만인 것은 인격이 아니라 맛이 문제고,
제각각 생겨도 무관한 것도 모습보다 맛이 그만인 것을
볏짚으로 띠 둘러 신방 차리고 발효군醱酵君을 불러서 시집가야지.

메주양孃의 집에 장가들어서 사랑의 허연 꽃을 피우고,
제대로 모양을 내려 하는데
검은 도둑 메주양孃을 위협하더니 상처만 남겨놓고 떠났음이라.

상처를 긁어내고 목욕시켜서 변치마라 소금으로 언약을 하고
항아리에 물 담가 시집보냈더이다.
계란 시녀 동전만큼 얼굴 내밀고 잊은 듯이 살라 하였소이다.

때가 되면 익어 색이 변하고 친정서 다시 부를 때까지
한 세월을 보내라 하였소이다.
세월이 갈수록 해가 더하면 고향의 어머니 맛 찾게 될 거야!

봄 눈 春雪

춘분지나 곡우가 내일 모랜데
가는 장군 봄애기의 발목 잡았다.

봄애기가 놓으라고 펑펑 그리 울더니
울다가 뚝 그쳐 사그라지며
내가 언제 울었나 반색을 한다, 아희야
너의 울음 저렇게 지고 있는데

그 험한 동삼 세력 아직도 못 거두고
봄애기 따돌리는 북간도 춘설

2012년 3월 24일

산나물 잔치

한겨울 동삼 꿈꾸며 기다렸다
님 오는 날에 그대를 맞으려

분 바르고 나선 분취 아가씨
겸손하게 인사하는 둥굴레 각시
나긋나긋 부드러운 미역취 새댁
연한 잎 부끄럽다 풀솜대 색시
멋있고 향기 좋아 참취는 미인
동글동글 오미자는 어린 여중생
왁자지껄 오가피는 여린 여고생
물가에서 얼굴 씻은 참나물 아씨

더덕은 줄을 타는 떠꺼머리총각
잔대는 각시 바람 심술 난 서방
원추리는 바람난 제비족 촉새처럼

단장하고 낙엽헤쳐 님을 찾으려
봄 숲이 한바탕 야단이었다.

당신이 있음에 행복하외다

주름잡던 해가 서녘으로 질쯤
부루허퉁에서 팔 벌려 잡으려던 교탑橋塔을 따 돌렸다

헐떡거리던 태양의 열기를 받은 가로등이
비로소 기다리던 초승달을 맞아들였다, 그러나 거기까지

동녘을 석권한 도시가 빛을 발하더니
야화夜花를 피우며 소리쳐 잠 드려는 부루허퉁을 흔들어 놓는다

조금 남은 양심으로 자기를 찾으려는 야객夜客들이
자신의 모습을 그리려 들지만 이도 잠시 외도와 같은 것이리

야객은 도시로 더불어 술에 취해 비틀거리는데
빛 잃은 초승달이 창공을 나르려는 페이런/飛人을 눈여겨본다

初月이여,
그대도 활활 타
강변의 어름 夜花가 되라!

* 부루허통: 연길 시내 중심을 가로질러 흐르는 강으로 이 강의 이북을 연북
 (강북, 하북)이라고 하고 그 이남을 연남(강남, 하남)이라고 부르는데 강은
 동북으로 흘러서 두만강과 만나서 한국 동해로 이른다. 이 말은 만주어로
 버들개지가 우거진 강이라는 말이다.

2009년 8월 5일

낮은 문으로

당신께 나가려 몸 낮추었더이다
높은 눈으로 보지 못하던 또 다른 우주
당신의 신비론 세계를 만났더이다

미물이 춤추고
잎새가 노래하고
나약이 말하고
미약이 속삭이는

이제껏 감춰두신 아름다운 세상이
아직껏 몰랐던 경이로운 세계가
이제 보이더이다 낮아진 당신의 문을 통하여
보잘 것 없는 존재들의 생명 있음을

보소서 당신께 나가려 몸 낮추나이다
님이여 보소서 당신께 나가려 몸 낮추나이다.

2009년 5월 19일
비온 뒤 이슬이 아름답던 날.
화룡시 홍성농장에서

입하入夏

손들 온다기에 기다렸던 올림픽
비자 문은 닫히고 손은 오지 않았소, 하나
걸어 둔 가슴 무너져 내렸는데
열어야 할 마음,
주저앉은 대문을 다시 일으키려오

아내는 막치고 당신 불러 씨 뿌리면
속이잖는 아이들,
소망 싹터 자라날 것이라고
옥수수그루같이 뾰족한 나를 녹이려 드오

자투리 일궈 만든 미나리꽝에
도랑에 물길 내어 물을 채우고
키 자란 버들 베어 울타리 쳐 띠 두르고
착한 집사 밭 갈러 기계를 몰고
밭으로 나서는 당신 날이오

리미 얼굴로 피어오른 웃음들이

내 노怒를 삭이라고 경쟁을 하오

가지가지 붉은 기쁨

위로慰怒 맺는 앵두를 보는 듯하오

어린 병아리 잠들은 행인화杏仁花 나무 아래

짹짹거려 부활의 날 합창하다 저물었소

석양에 소리 점점 멀어지더니

병아리 눈물같이 떨어지는 듯하오

뒤늦은 북간도 봄 이제 기지개인데

인사도 다 못 치룬 숨 가쁜 하루

훌훌 벗고 저녁 해는 침실로 드나보오

산새들 깃들어 새잎 부르듯

입하여, 나도 이 밤 별 불러 찾아가리다.

올림픽: 2008. 8. 8일에 열린 베이징 올림픽

비자: visa 査證

리미: 딸 이름

가목사 조선마을

북간도에서도 삼천리 먼 곳에
가뭄에 콩 나듯한 조선마을이 있다

쌀에 뉘처럼 한족들 속에
쌀밥에 된장국 김치 반찬 제 맛인데
사람 궁해 그럴까?
학교 없어 그럴까?
어중간한 조선말에 얼굴조차 낯이 설다

백리 못가 러시아 땅 흑룡강이 지척인데
밭에는 옥수수 콩도 자라고
몇 대 걸쳐 물대어 벼이삭이 자라고
터 밭에 푸성귀도 여름이건만
추위는 더하던데 더위는 꼭 같아도
스산한 마음에 더위 잇었다.

제주 땅서 몇만 리 고향은 너무 먼데, 나 역시
어쩌다 이 먼 곳을 흘러왔는지
가목사에서는 어머니 이름조차 낯이 섭니다.

꽃들의 이야기花話

두메양귀비

이름 난 약효가 있는 것도 아니고

두메에 피어나

눈여겨보는 이도 없었습니다

노란양귀비

나 역시 그렇지요,

양귀비를 닮았어도, 한갓

들꽃에 지나지 않지요

금전화

돈이 이렇게 피어날 수 있다면 얼마나 좋을까?

그렇다면 이리 피기도 어려울 테지?

패랭이꽃

한껏 멋을 내 함께 피어 외쳐보지만

메아리 없어도 울지 않는 꽃

홍나리
이름 없는 꽃들 중에 피어난 꽃 중의 꽃
군계일학 자태를 뽐내는 나리

황나리
그대 낮은 땅에 피어난 하늘의 꽃
하늘 향한 그대
환희에 찬 나팔 소리 들린다

쑥부쟁이
시집살이 괴로워 하도 괴로워
풀숲에 숨었다 얼굴 내민 새 애기

사루비아
이제는 말할 수 있다,
함께 일어서리라
누가 크냐 더 이상 말할 필요 없었지

싸리꽃

수풀 속에 숨어 피어난 촌색시
그대가 피어나면
우리는 당신과 함께 가을로 간다

여름 꽃들이
소리치며 가을로 가려고 차비하고 있었다.

2009년 8월 10일

발해왕이 그의 딸 평강공주에게 준 땅,
발해동성 홍성농장에서
피어난 꽃들의 잔치를 보며

당신이 있음에 행복하외다

님이여 당신이 있음에 행복하외다
나의 삶이 나의 소유가 아닐지니
위에 계신 당신이 내게 주신 것이외다

누가 감히 삶을 순간이라 하오리까
당신 믿는 내 믿음이 영원하다면
당신 안에 나의 삶도 영원하길 비오이다

내 아름다움은 당신께 최선을 다하는 것
삶은 신비, 당신 있음에 행복한 것을
내 가슴 저려 당신께 소리쳐 외치오이다.

내 소유는 잠깐 스쳐 지나갈지라도
당신은 나의 동반지 일용할 나의 양식
주신 것 감사하며 나는 노래하오리다.

괴로움 없어 평안한 사람
지금 있는 것으로 만족한 사람

오래도록 향기 나는 꽃 같은 사람
하늘의 별처럼 빛나야 할 사람

나는 당신을 품고 도는 달빛같이
님이여! 당신이 있음에 행복하외다.

그 사람, 그분 그리고 나

누구도 그런 것은 아닙니다
누구도 똑같은 것은 아니기에
누구나 다름을 발견한다면

누구를 원망할 수도 있을 것인데
누구를 탓하지 않으며 성자의 길을 가는데
누구는 속 좁아 철이 덜 든 것일까

누구도 내 맘 같기를 포기한다면
누구도 그 나름의 사정을 이해하는데
누구도 사랑의 길을 갈 것입니다

누구도 그와 더불어 한 세월 사노라면
누구도 언제든지 그 길로 오라 하는데
누구로 더불어 행복했노라 말할 수 있다면

그 사람, 나와 더불어 33년을 함께 한 이
그분, 33년 살았으나 우리와 달리 온전하신 분

그리고 나는
그와 더불어
그분과 함께 떠날 수 있다면
나는 행복한 사람입니다.

별이 되어 사는 님

잊었나 했더이다, 님을
님을 사랑한다 했더니
내게 와 별이 되었더이다.

별을 헤이다 잠든 내게
약속은 사위어 별만큼 먼데
헤이면 헤일수록, 님은
백이 되고
천이 되고
만이 되고
억이 되어 멀어지나 하더니
잠든 내게 와 속삭이더이다, 님이
내가 너를 사랑하노라!

멀리 있는가 싶어도, 나는
떠나지 않고 내 가슴속에 사노라고…
꿈속에 깨인 나는 울었습니다
님이 나를 사랑한다 하기에
사랑한다 하기에…

2010년 2월 어느 새벽에
만주 봄을 기다리는 땅에서

병과의 동침

내가 모르는 사이에 그놈이 나의 밭에다 제 놈의 씨를 뿌려놓았다.
내가 먹고 자는 사이에 그놈도 나와 같이 먹고 자고 있었다.
아! 이 어찌된 일이란 말인가, 드디어 그날이 이르렀음인가?

어느 날 살펴봤더니 그놈은 벌써 내 밭에 뿌리 내려 자라고 있었다.
깜짝 놀라 그놈의 머리채를 휘어잡고 내동댕이치려고 하자그놈은
나를 비웃으며 '날 잡아봐라' 하며 저만치 뛰어가고 있었다.

나는 뻘뻘 땀 흘리며 그놈을 잡으려고 힘 다해 쫓았지만 그놈은 힐
끗거리며 약을 올린다
"니가 이기나 내가 이기나 어디 한번 해볼까"
그놈의 보기 싫은 면상을 향해 돌을 던지려 했지만 그럴 수 없었다.

"이젠 그놈을 용시해야죠, 그놈을 뽑으려다가 당신의 알곡들을 비릴
지 모릅니다."
이젠 그놈과 동거해야 합니다. 살살 달래주고 "그래 이대로 있거라"
하고

이젠 그놈을 쓰다듬어 주고 그놈의 존재를 인정하고 함께 동거해야
합니다
드디어 나는 그놈을 인정해 주기로 했지요, 이것이 내가 바라는 바
는 아니지만…

그놈과의 동침이라는 이 끔찍한 현실에 나는 차라리 내 밭을 포기하
고 싶었습니다
그것이 내게 오히려 평안이라고 생각해 보기도 하였습니다
그러나 나의 맘대로 나는 나의 밭을 쉽게 포기할 수 없습니다.

그 밭은 아버지가 내게 주신 복 된 밭이기 때문이요,
내 가족 모두가 그 밭의 소산으로 살아가기 때문이요,
나의 사랑스러운 제자들이 그 밭에서 함께 일하기를 바라기 때문입니다.
오호라, 나의 밭은 복되도다 아버지께서 주신 아름다운 밭이여!

마지막 날, 추수 때가 이르면 그날에 아버지께서 그를 뽑아 자유케
하시리라!
나의 밭이여, 부디 농부 된 내가 마지막 추수할 그때까지 평안할지어다!

사 라 봉

사라지는 해야 내일 다시 뜨겠지만
사라지는 생명은 언제 또 올까

사나사나 이여도 사나 노 젓는 이어
사라지나 싶어도 생은 영원한 것

사라봉 해질녘 서녘은 아득해도
사라보라 내 있으니 살만한 세상인걸

사라지는 것들 향한 그분의 말씀

* 사라봉: 제주시에 있는 사라봉 공원은 제주십경(영주십경) 중에 하나인[사봉낙
   조]로 이름난 곳이다. 또 한편 사라봉에 이웃한 별도봉은 생을 마치는 이들
   에게 이름 난 자살바위가 있는 곳이기도 하다.
* '사나사나 이여도 사나' 제주해녀들의 노동요인 '노 젓는 소리'의 후렴

님이여 오소서 가을입니다

싸리 꽃
가을로 가는 길
님이여 오소서 가을입니다
님 오는 가을 길
자작나무 울던 가을날의 이야기

싸리 꽃

무덥던 여름날 뜨겁던 열기
한풀 꺾긴 가을 길목
들판에서 만난 촌색시 싸리

화려한 가을 잔치마당 변두리
아무 것도 내세울 것 없는 촌색시 싸리
나는 부끄러워 숨어서 피지요
아무도 눈여겨보아 주지 않아도
오는 계절을 전해 주고 싶어요

기어오르는 잡풀을 탓하지 않음은
머리에 하늘을 이고 있음이지요
사철 청청 푸르른 소나무처럼
어느 대갓 집 용마루는 고사하고
서까래 감도 못 되는 걸 알지요
그저 산촌 새색시로 피어날 겁니다.

누군가 다가와 널 사랑한다 속삭이지 않아도

나는 한갓 싸리일 뿐 나의 콧대를 낮추고

푸른 하늘을 벗하며 피어날 뿐이지요

난 원망치 않아요, 그 분이 날 사랑한다 하시니

主我愛你주워아이니, 주 날 사랑한다 하시니

그저 산촌 새색시로 피어날 겁니다.

나 그 무덥던 날들을 잊어버리고

누구를 목매어 애타는 목마름도 없이

난 그저 촌색시로 피어날 겁니다.

가을로 가는 길

쏟아 붓던 열기
바람도 잠재우던 날
더위도 맥 놓아
지쳐버린 들판에
처서 맡는 가을
꽃들의 잔치가 한창입니다

나비 한 쌍 춤추며
가을호변 나르다
가을꽃에 앉을까
님의 등에 앉을까
허공을 싸안은 칠석 앞 둔 날
마지막 구애가 애절합니다

들녘에 기다려
퍼 올린 가을 깃발
으악새 온몸
나부껴 호소하며

지나는 가을 길손 오라 손 흔듭니다

뻐꾸기 우던 봄날
꺾던 뻐꾹채는
님 사랑 약속의 꽃을 피우고
봄 바라서 저토록
아리게 피었습니다.

구절구절 구구절절
구절초는 피어서
오시는 님에게 들려주려 하건만
님 오잖아 호변으로
치닫는 가을입니다

목 메이게 기다리다
타는 속이 노랗더니
마타리 황금빛을 닮으려던 당국화는
님 잃어 울며

붉게 타가는 가을입니다.

2009년 8월 31일

왕청 만텐싱 호변에서

님이여 오소서 가을입니다

님이여 오소서 당신의 계절입니다.
님이 베푸신 가을빛으로 나는 찬란합니다.

두만강 너머 불어 일던 바람 머무른 자리
갈아 헤친 북간도 가슴에 너그러운 햇살 넘쳐나
우로에 싹트고 키워낸 위대한 님의 은혜
저토록 벼이삭을 여물게 하셨나이다.

너그러운 팔 벌려 품으시고 어루만져
철철이 입혀주던 산하에 가을 옷 입히시고
구름은 앞서서 님의 팔을 끄는데
동구 밖에 빗질하고 님 맞으려 나가리다

두렁가에 콩 심어서 장을 담그고
뚝 너머에 옥수수 심어 엿 담아 손자주고
벼 베어 곡간에 넘치게 쌓으리니
보소서 님이여 겨울인 듯 족히 넘기오리다

북간도에 해가고 춘절이 오면
아들 손자 딸 손녀 한 자리에서
덩실덩실 님과 함께 춤추려 하오니
여기가 풍족한 님에 품인 걸
님이여 오소서 당신의 계절입니다.

아름다운 황혼
님과 함께 가을 속을 가려 합니다.

2010년 추석날
두만강변에서

님 오는 가을 길

가을로 오는 님을 만나려
푸른 옷 햇살 타고 산을 내려와
님 맞으려 새 옷을 입었더이다

맞대인 하늘 산을 내려와
차마도 못 잊을 님 맞으려 나서는 길
가을 잎만 나를 태우더이다.

기다려도 님은 뵈이지 않아
타는 속 주저리주저리 저 물에 쏟아
님 오는 길로 함께 가려 했더이다

차마도 못 잊을 님의 가을을
잊을까 되새기다 붉게 타는 내 얼굴을
가을이 나의 속을 견주려 하더이다

가을로 오는 님을 만나려
하루 내 님을 찾아 헤메이다가
님 오잖아 속이 타 저 홀로 울더이다

2010년 10월 6일

길림 교하시 단풍계곡에서

백두산촌의 추억

황금 옷을 갈아입던 추석 한나절
백두산촌 가는 길에
머리를 맞댄 정다운 농가
마음 설레던 고향 그리더이다.

청청 하늘을 인 나지막한 구릉 위로
색색고운 배미배미 등성이로
백두산 올라가는 노일령 고갯마루
님 오시기 기다리던 장승들이 맞더이다.

키 큰 구상나무,
전나무 틈새로
잠들었던 추억 아련히 떠올라
줄기줄기 이야기 쏟아 내더이다.

가슴을 열었더니 터져 나오던
오랫동안 말 못하고 뭉쳐 있던 한들이
꼬리를 물고 물어 터져 나오더이다.

할머니 옛 얘기를 풀어 놓은 듯
치마폭에 어리운 열여덟 새색시 꽃다운 시절
　恨
　　恨
　　　恨…

그 가슴,
그 한
말 못하고 타버린 속
발길을 멈추고 행여 누가
귀를 열어 준다면
고동치는 그 한을 들어 내 놓으리다
타는 그 속,
그 속을 열어 보여 드리리다

청청 푸르던 푸름의 세월
시절의 꿈은 노랗게 바랬어도
아직도 속은 붉게 타는데

이 계절 당신이 내게 다가와
내게 손 내밀기 빌었어지오, 이 산골서
온몸 다해 그대를 맞으오리다

2008. 09. 20. 추석날에
백두산 가는 길에서

자작나무 물던 가을날의 이야기

추수 끝난 산골짝
시들은 낙엽이 떨어지던 날
한가로운 황소들
나들이 나온 아침입니다.

부지런한 농부가 수숫대를 싣는데
그 짐이 크더라도 수숫대처럼, 저들 죄짐
주님 은혜로 가볍기를 기도합니다

우리 저처럼 가을로 가는데
오, 주님!
저 단풍 빛처럼 비록 늙어 갈지라도
그렇게 아름답게 물들기를 기도합니다.

우리 어둠의 터널을, 인생의 그 길을 다 가면
우리 기다리던 그분을 만나겠지요, 아!
눈부시게 쏟아지는 단풍 빛처럼, 우리
곱게 옷 입고 마지막 그날에 다시 만나겠지요

아침 햇살 쏟아져 내려, 그분
오심을 보는 듯해요
아! 저토록 아름답게 물드는 황혼처럼
노랗게 물드는 당신
발갛게 타는 내 가슴

청춘이 다하는 산아!
사랑으로 더 깊어 가는 산아!
내가 저물어갈 내일의 나의 산아!

각기 다른 모습들로
자기의 빛을 발하던 날
언제인가 모르게 이쁘던 님도
저 산 주름져 어우러지듯
눈가에 주름이 아픔이 아닌 자랑이기를…

님은 아시나요, 피 빛
피 빛 붉어도 흐르는 그 흰 눈물을

붉은 피 빛 파마머리 우수에 찬 여인이여
하얀 아픔을 들어내 우는 당신은
자작나무 숲 지나는 만주의 가을을 아시나요?

잃어버린 역사에 아픔
홀로 우는 나무
자작나무 울음 우는 가을 길을 갑니다

2008년 10월 1일,
새로 개통된 장연(장춘·연길)고속도로 가을 길을 가는 중에

북간도 사모곡

북간도사모곡1.
어머니 고향의 봄을 그리나이다

당신의 목을 두르던 하얀 목도리가

한라산에 둘려서, 이 봄

아들 불러 파란 하늘 저 만치서 손짓하나요?

어머니 빼떼기죽에 팥고물 같이 정겨운

돌담 너머 당신의 노란 웃음이, 이 봄

유채꽃으로 피어 온 들 가득하나요?

어머니 동삼 지낸 쌀독보고 감사하듯이

겨우내 자식먹인 푸른 바다에, 이 봄

당신의 호흡 파래 빛으로 숨비소리 지나요?

북간도 사모곡 2.
오늘도 동백은 피 토합니까?

귤나무 과수원 울타리마다

붉은 동백 피 토하며 스러져간 자리마다

노란 밀감이 봄을 조상하는 날

슬프디 아름다운 고향의 봄은, 결코

당신의 입 열어 탓하지 않던

찬란한 제주의 아픔을 닮았지요

북간도 땅을 돌고 또 돌아

아직도 쨍쨍한 겨울을 사는 아들에게

혹독한 일정日政을 지냈던 당신이 전해주던 말

동란의 시대를 잊지 말라하시듯이

오늘도 동백은 피 토합니까?

북간도 사모곡 3.
진달래꽃 피는 날

당신의 치마폭을 걷어 올린 초오름
연분홍 진달래 꽃 피는 날에
당신의 숨겨둔 웃음을 꺼내겠습니다
내 아내와
내 딸과
또 내 아들과
그 아이들 손자 손손들까지
어머니, 못다 웃은 웃음을 꺼내주겠습니다.

진달래 캐어다 한 여름 키우고
새봄을 못보고 사그라졌던 진달래나무처럼
이제는 사그라질 당신의 백골이들
못 다 펴 사그라진 진달래 꽃 ㄱ 잎새미냥
어머니, 고향의 봄을 그리나이다.

창 열어 북간도 부르허퉁허
흘러서 두만강

또 흘러 동해지나 고향으로 흐르듯
나도 흘러 북간도 소식 전하려
어머니, 고향의 봄을 그리나이다.

당신이 가듯이 세월이 가면
나도 가야 할 당신이 가신 나라
봄을 그리다 못 보고 가신
어머니, 진달래 꽃 피는 날
나는 당신의 봄을 노래하리다.

북간도사모곡 4.
어머니 고향의 봄을 노래하리라

어머니 고향의 봄을 그리나이다
동란지난 유년의 봄은 쑥처럼 쓰고 향기로웠습니다
곱게 바라기엔 너무 고팠던 배, 그러나
그리 눈물겨웠던 아픔의 봄도
이제는 아련한 할머니의 옛 얘기입니다.

산행화 피어오르는 북간도 언덕
어머니 눈물 되어 흐르던 날
얼었던 개울 가슴 풀린 동토의 땅에
다시 오지 않으리란 북간도의 봄
어머니 그 봄이 신기루처럼 피어납니다
감쌌던 당신의 옷고름 풀어
잠자던 북간도의 봄으로 저리 펴오릅니다.

쑥버무리 개떡 우리의 질 푸른 날들이
허기진 배를 채워 행복했던 날
고개고개 넘어 온 어머니 우리의 유년이

저무는 북간도에 해가 지는 날

어머니 그날에 나도 따라 그곳 이르면

어머니 고향의 봄을 노래하리다.

북간도사모곡5.
내돌아가는날라시부를이름이여!

이불 짐 싸들고 아리랑호 타던 날
아들은 눈물로 낮을 적셨더이다

동짓달에 바람찬 밤바다 부산 뱃길
그 검은 파도가 내 속 휘 젓고
졸업장 채 못타고 떠날지라도
주경야독晝耕夜讀 희망으로 눈물을 닦고
성공을 다짐하며 울음 그쳤더이다

장판 없는 시멘바닥, 벽도 그렇고
밤하늘에 별 보이는 공사판 천장에서
쏟아져 빗물 젖은 그 이불 끌어안고 함께 울던 날
차라리 뛰노는 제주말의 목동이긴 바랐더이다

공사장 가마니 못을 진 등 피 흐르고
대패질에 어깨 저려 잠 못 이루고
끌질하다 물집 잡혀 질질질 메고

발 찔린 못 자국에 망치 때려 화약질 하고
교복입고 학교 가는 학생 보다가 쥐어 박혀
나의 점심밥은 눈물이었더이다.

이리는 못 살아 고향 찾던 날
잘했다 잘했다 쓸어 앉던 어머니
중학서 대학까지 오사카大板서 공부하고
교장까지 하면서도 5남 3녀 자식들 입에 풀칠 못시켜
너는 목수하며 곤밥 먹으라던 아버지 말씀
징그럽던 목수 일 새마을 사업하던 시절에
지붕개량 목수질 학비 벌었더이다.

배 타고 큰 바다도 함께 하던 날
님 따르다 처자 얻고
님 따르다 북간도 이 먼 땅을, 어머니
고향 떠나 45년 아직 검은 머리에 회갑을 맞나이다.

어머니 당신은 지금 너무 멀리 계신데
북간도 이 땅에서 불러봅니다
어
머
니~
내 돌아가는 날 다시 부를 이름이여!

북간도사모곡6.
고향이 좋은들 어머니 품만 할까!

꽃이 아름다워도 가을만 못하고

가을이 좋다 해도 과일보다 못하고

과일이 이쁜 들 고향만 못하고

고향이 좋다한들 어머니 품만 하랴

꽃보다 과일이면

청춘보다 황혼은 더 아름다우리

폭풍우 찬 서리 눈보라 뒤에

석양의 아름답던 아! 어머니

나도 고향 바라서 산을 오르면

아! 어머니, 석양을 바라면 당신이 보입니다.

북간도사모곡7.
당신은몰라도나이가들고있다

목적 잊고 우왕좌왕 길을 헤맬 때
두고 온 고향이 그리워질 때
잊었던 동무가 보고 싶을 때
당신은 몰라도 나이가 들고 있다.
그분의 나라가 가까워졌다.

유행가 가사가 맘에 와 닿을 때
저도 몰래 눈가에 눈물이 흐를 때
핸드폰 치는 손이 우둔해질 때
당신은 몰라도 이미 옛날 사람이다.
그분의 나라가 가까워졌다.

일출보다 석양이 아름다울 때
어제 일은 잊어도 옛날일은 생생할 때
불현듯 어머니 산소가 포근해질 때
당신은 몰라도 나이가 들고 있다.
그분의 나라가 가까워졌다.

북간도 사모곡 8.
나는 바보일까요?

나이가 든다는 것은
돌아갈 고향이 점점 다가온다는 말이다.
귀향을 준비하는 사람은
복 있는 사람
귀향을 준비하는 사람은
지혜로운 사람이다.

나이가 든다는 것은
어떤 사람에게는 추함이요
어떤 사람에게는 아름다움이다
다가오는 미래를 준비하는 사람은
아름다운 황혼을 즐길 것이다.

나이가 든다는 것은
봄날이 가는 것
나이가 든다는 것은
화살을 쫓아가는 어리석은 삶

나이가 든다는 것은
잊었던 어머니를 그려보는 것이다.

나이가 든다는 것은
어머니께 더 가까이 나가는 길
그러나 당신께 나가는 길을 외면하려는
그것도 모르면 정말 바보
어머니 나는 바보일까요?

북간도 사모곡 9.
어머니, 콩잎 싸던 여름입니다

어머니!
않던 하늘이 먹구름을 헤치고 비가 쏟아집니다.
후드득후드득 콩잎을 두드리던 하지 빗방울
바람 잘날 없는 집에 빗방울도 근심을 더 했습니다.

흥부네 아이들 곯은 배를 채우려고
당신은 젖은 짚불 아린 눈 보리밥 짓고
갱이 젓에 콩가루 쳐 상을 차려서
한 줌 푸른 콩잎 뜯어 청산을 쌓으니
당신의 푸른 계절이 퍼렇게 울었습니다.

토끼 뛰노는 청산에 밥술 들지 못하고
청산이 입안 가득 휘저어 놓는 것이
콩밭을 뛰고 노는 노루 비린내
콩잎 펼쳐 한 술 보리밥에 가난을 싸서
콤콤한 갱이 헤엄치던 입안 가득 제주바다에
그래도 희망은 콩가루처럼 햇살 바랐나이다.

어머니!
아직도 어린 만주 콩잎 푸르던 계절에 희망을 뜯어
그날처럼 비 내리는 여름날 밥상차려도
나는 울컥 차마도 먹을 수 없어 비려도 청산 함께할 당신
너무 멀어 올 수 없는 당신의 여름 상을 차렸습니다.

북간도사모곡10.
한마리기러기로따르렵니다

어머니!

남으로 가는 기러기가 줄지어 당신을 따릅니다.

따르던 아이들이 바다의 꿈을 꾸고

꿈을 꾸던 하늘이 내려와 나의 희망이 빛나던 날에

빛나던 날이 파도를 헤치듯 맘을 헤쳐 놓을 때

헤쳐진 가슴에 소금 치듯 향수에 아렸습니다.

북간도 머언 땅 만주 벌판에

벌판이 붉게 물들어 울어 숲을 채우고 강을 흐를 때

흐르는 동해 바다를 따라 고향바랐나이다

바라도 너무 멀어, 너무 멀어 당신만큼 머언 나라

머언 나라를 돌고 돌아 어머니 오늘은 여기 북간도까지

나는 당신을 바라는 한 낮 작은 섬이 되어

섬이 되어 바다를 떠도는 갈매기처럼

갈매기처럼 어머니의 나라를 기다립니다

기다리던 날이 이르면 나는 당신의 한 마리 기러기로 따르렵니다.

나를 찾아 떠납니다

엘에이 새벽

엘에이 잠자리에서
파랑새가 깨웠다

하얗게 밝는 새날
저리도 푸른 잎새들 마냥

아직 이루지 못하여
떠나는 나의 꿈

엘에이 겨울

꽃 파는 소녀의 얼굴에 가득한 봄이
얼음장을 뚫고 나온 물방울에 노래마냥
푸른 잎 새 사이로 자유가 반짝이고
핑크빛 꽃잎 새로 희망이 숨바꼭질 한다.

한 사내가 목에서 구속을 풀고
경계의 검은 겨울을 벗어 드는데
한 점 없는 근심의 푸른 캠퍼스 위로
제트기 부활을 질주하며 나른다.

흐린 날 빗방울도 내리고

어디로 갈까
어디쯤에서 그를 찾을까

햇살 밝은 LA 엷은 장막을 열고
금보다 귀한 빗방울이 반가울법한 사막에
누구도 찾지 않는 나의 아침

누구에게는 기회의 땅
누구에게는 희망의 나라일진데
이 아침 나는 어디로 갈까?

흐린 날 LA 빗방울도 내리고

나를 찾아 떠납니다

누구는 문MOON일 수도
누구는 문MUN일 수도 있는데
내 맘인 문MUN을
자기들 맘대로 문MOON을 만들고
문MUN은 없다고 목소리 큰데
오아시스 찾듯 Internet Bar를 찾아 헤맨다
주님, 제발 찾게 해 주세요!
Internet 어디쯤에 숨어 있을 나의 姓
주님, 제발 찾게 해 주세요!

드디어 문MOON이 아닌 문MUN을 찾았다
Ticket Number 001 872 443 9223 224
깜빡 잊을 뻔한 나의 姓을 찾고
찾은 나로 더불어 LA를 떠난다.

한 밤의 마이애미Miami

카라비안 검은 바다를
살며시 헤엄쳐와
반짝이며 자기를 찾으라 한다

금빛이거나
은빛이거나
혹 푸른 빛깔의 진주들이
잠든 도시를 깨우려 반짝거린다

아직 나는 밤이거늘
잠든 나를 깨우는 너는 누구냐?
마이애미야, 나는 홀로 너를 떠나리니
너는 그냥 여기서 자고 있거라

아름다운 날

고향이 제주

친정은 경주

미리 만나 보고나니 신혼여행조차도 의미 없었다

웬 호사일까 이 나이에

이 나이가 어째서 회갑이 벼슬인양

배를 타고 대양大洋에 지는 해를 함께 보며

나 그대에게 전할 말 있네

지나온 젊음보다

우리의 황혼은 더 아름다우리라

크루즈카니발호Cruise Carnival 1.

봇물 터져 까무러쳐 울던 아이
인생의 항해를 시작하던 그날의 울음처럼

먼 길 떠나는 황소의 울음인양, 뱃고동
수레를 메우자 음~매에 운다
크루즈 떠가는 마이애미 고동소리

크루즈카니발호Cruise Carnival 2.

희고

　검고

　　노랗고

　　　혹 갈색, 색색의 칼라Collar들이

　　　　　　　　　크고

　　　　　　　　작고

　　　　　　　　마르고

팡팡한 이들이 어우러져

　　카나리아처럼 목청 돋우고

　　오리들처럼 물장구 치고

　　　　　　　　칠면조 색색으로 치장을 하고

　　　　　　　공작인 듯 한껏 목을 곧추 세우고

벗은 이

　혹 입은 이　Go

　　　어울려 흔드는 선상의 Go　　Go　　Go

　　　　　　　　　　　　Go

　　　흔　　　지　　　하　　　내

　　　＼들／　＼못／　＼는／　＼가 · · · · · · 바보였다.

크루즈카니발호Cruise Carnival 3.

태양이 떠올라 거기 동East인가
태양이 떨어지니 거기 서West인가

내가 말을 안 해도 방을 치우고
차리지 않아도 조반을 먹고
내 먹고 싶은 대로 저녁을 오더Order하고
청하지 않아도 춤추는 서빙Serving받고

한바다서 해 뜨고
한바다서 해 지고
한 상에 둘러앉아 함께 먹고 마시고
뛰어도 좋고
걸어도 좋은
누구도 상관 않는 크루즈카니발 힌바다 왕국
천국이 바로 거기 있었다.

키웨스트Key West 1.

키웨스트에서는 더 이상의 욕심은 금물입니다.

이곳을 빠져나갈 전차는 없습니다.

그저 훌훌 벗어던지고 그대와 둘이 빠져 보세요

이름 모를 꽃들과

야자나무 울타리와

케이팝 나무 아래 간지러운 햇살과

조그맣고 이쁜 주인 없는 닭들과

한가로움을 함께 해 보세요

그도 싫으면 야호 소리를 지르며

타잔처럼 나무줄기를 타고 날아 보세요

해가 저물어도 좋습니다

우리의 황혼은 더 아름다울 테니까요

* 키웨스트Key West: 미국 플로리다의 최남해안에 위치한 여러 개의 작은 섬
  들로 이루어진 제도로 헤밍웨이와 테니스 윌리엄스가 작품 활동을 하던 곳
  이기도 하다.

키웨스트Key West 2.

노인과 함께 바다로 떠난 헤밍웨이는
아직도 돌아오지 않았습니다.

욕망이라는 이름의 전차는
테니스 윌리엄스를 태우지 못하고 떠났습니다.

365일 치마를 펄럭이는
메릴린 먼로는 오늘도 웃고 있습니다.

누구는 역사가 되어 이 섬에 살고
누구는 전설이 되어 이 섬을 떠돌고
누구는 동상이 되어 이 섬에 삽니다.

키웨스트는 오늘도 그대와 나의
인간 냄새를 탓하지 않으며
그저 그렇게 쉬다 가라 합니다.

나는 지나는 길손
역사도 전설도 바라지 않습니다.

키웨스트Key West 3.

햇살 부서져 은조각

살아 반짝이는 당신의 바다에

나는 한 점 구름 되어 당신을 싣고

숨바꼭질 하는 섬들 사이로 갈 것입니다.

청세치

황세치

붉은 돔과 푸른 돔

등 푸른 산호초 쥐치들과

엘로핀

빅아이

푸른 해초들

섬은 섬들로 놀게 하고

나는 색색 고운 놈들과 놀 것입니다.

키웨스트Key West 4.

님의 길을 준비 하리라
님의 길을 곧게 하리라
섬은 겸손히 님을 향해 살고 있었다.

요한의 외침을 들었음이다
높은 곳은 낮추고
낮은 곳은 돋우고
구부러진 길 없이 고추 나갔다.

바다를 향하여
님을 향하여
길을 닦고 기다리는 키웨스트

이미 님은 오셔 전국인 것을
님과 함께 그곳을 이를 때까지
나 변치 않으리라, 뜨겁세
뜨겁게 섬은 다짐하고 있었다.

키웨스트Key West 5.

오순도순 사이좋게 살고 있었다
구태여 경계 그릴 필요 없었다

모래와 모래들이 다른 듯 하나로 살고 있었다
키를 맞추거나 높이를 자랑하는 이도 없었다

교회 낮은 첨탑 등대하나 높이 살고 있었다
바위 없고 산 없어 비교할 이 없었다

희어도 자랑 않고 검어도 부끄럼 없이 살고 있었다
섬은 관대하여 입어도 벗어도 말이 없었다.

마야의 여인

멕시코 동해안 그 작은 섬
마야를 바라던 여신의 땅
마야가 사랑한 쿠즈멜이여!

바라도 갈 수 없는 크즈멜, 여인의 땅
매일 떠오르는 그녀를 바라건만
해를 경계하여 범할 수 없는
아, 영원한 소망이여,
님 향한 마야

그대여
그대를 바라도
만날 수 없는 님이여
만날 수 없는 영원한 여인이여
나, 그대를 바라려고 탑을 쌓느니
나, 그대를 향하여 오늘도 탑을 쌓느니
쌓느니 쌓느니 쌓느니 쌓느니 쌓느니 쌓느니
그대를 향하여 그대를 향하여 그대를 향하여 그대를 향하여

쿠즈멜 아일랜드

붉은 해처럼 솟아올랐다
마야의 기원을 들었음이다

동해서 솟아올라 신이 된 쿠즈멜
여인들 소원의 전설된 신지神地

쿠즈멜은 그날을 그리워한다

쿠즈멜 무궁화

얼굴과 얼굴들이 서로 맞대어
십대의 푸름으로 반짝거리고

막 피어 오른 빠알간 정열이
이십대의 청춘을 노래하고 있었다

나의 푸름이
나의 청춘이
꿈처럼 바람에 펄럭이고 있었다

쿠즈멜 소원의 문

동해의 햇살 한 곳에 받아

님 오시기를 손 모아 빌 때, 소원은

해처럼 저 문 속에 떠오를까

◉

해야 해야　해야 해야

솟아라떠오르라　솟아라떠오르라

쿠즈멜소원문에　　쿠즈멜소원문에

쿠즈멜소원문에　　쿠즈멜소원문에

소원문에떠오르라　소원문에떠오르라

쿠즈멜소원문에떠오르라　쿠즈멜소원문에떠오르라

쿠즈멜 여신이 이루지 못한 기도들이 곰곰 눈물로 바위에 박혀

쿠즈멜은 푸른 · 세월 · 허연 · 이끼 · 옷을 입고 있었다.

쿠즈멜 파도

그 옛날 영화 다시 오지 않아도
너는 그날처럼 철썩이누나

몇 마리 작은 물새 숨바꼭질 하다가
세월을 쪼아 날아가 버렸다

사라져도 그대 불러 영화를 찾으려나
부서져도 울며 일어나는 쿠즈멜 파도

콜로라도의 노을

북간도 사모곡

맥을 타고 달리는 산
골을 타고 흐르는 강

너구리 가족이 밤 마실 나와
두려움 없이 노자 하는 데
청둥오리 가족은 잠을 청한다.

콜로라도가 타고 있었다
내려앉은 황혼이 강물에 탄다.

콜로라도의 아침

홍하의 골짜기를 타고 내려와
달빛을 불러 춤을 추었다.

그대 인생을 노래하리라
그대 황혼을 태워 주리라
그대 슬픔이 흘러가리라

타고난 재도 전설이 되고
노을을 태워 은비늘 일렁여도
콜로라도강은 말을 아낀다.

영혼을 위해 자유를 위해

출애굽

어둠의 장막 깔려
사자死者가 횡횡하던 거리
선택받은 한 무리
떼 지어 나선다.

숙곳을 떠나는 밤
신비한 불기둥 앞서 가고
광야에 한 낮
흰 구름 그늘 되어 앞서 간다.

동풍은 밤새 바다를 말리우고
삶과 죽음이 나누인다.
지나간 이스라엘의 자리
이집트 군대가 떠내려간다.

여호와닛시!
이스라엘의 주!
애급에 베푸신 기이한 일로
내 백성이 주를 경외하리라.

길

헬라인은 지혜를 구하나
표적을 구하는 너, 이스라엘아
내가 너희를 거리껴 하며 미련히 여기니
네 표적을 폐하노라

나 믿는 미련한 자들로 너를 부끄럽게 하리니
보라, 구원의 길이요 하나님의 능력이라
기뻐하라!
감사하라!
너희는 나의 자랑일지니
이제는 오라, 나의 길로

영혼을 위해 자유를 위해

안데스산맥을 타고 내리면
시에라네바다 골에 이르고
우리 닮아 얼굴 누런 아루아코족이 산다.

우주의 스승인 마모 있으니
이생을 살면서도 저승을 바라며 살고 있으니
자연의 자신은 형님이 되고
문명에 쩔어 사는 아우들 향한
너그러운 마음 자연 닮았다

강과
호수
대지로 더불어 살며
문명에 병든 나를 권하고 있다.

영혼을 위해 옷을 벗으라!
자유를 위해 옷을 입으라!

그대는 아는가?

품으려 해도 안기지 않는 그대
품으려면 오히려 뿌리치는 그대
성을 향해 우셨던 회한의 심정을 그대는 아는가?

행여, 피리를 불면 춤을 출까?
가슴을 치면 함께 울까?
그래도 속을 빼고 참아내는 아픔을 그대는 아는가?

돌아서면 솟구치는 울분
열매 없는 무화과
파도처럼 밀려오는 언어들조차
오히려 죄로 알고 회개하는 눈물을 그대는 아는가?

평화를 위하여

코프라의 방울소리는 멈추고
맴돌던 일지매가 직시하는
처녀림의 고요를 그대는 아는가?

생각의 차이는 동과 서로 나뉘고
남과 북으로 빵을 자르는
힘센 자의 이념과 가진 자의 물질이 싸운다
폭탄은 유령처럼 변장하였고
가중한 핵무기가 거만을 떠는
아마겟돈 뜰에 대치함을 보는가?

솔로몬이 재판정에 서야 할 것이다
요엘이 대장간을 차려야 할 것이다
예레미야를 붙들고 울어야 할 것이다.
골고다를 오르는 그분의 거친 숨소리가 들리는가?

로마로 돌아가는 베드로를 생각해 보라
구레네 시몬의 소리를 들어보라, 그대는
평화를 위하여 십자가를 질 수 있는가?

정의의 사자는?

하루에도 사십만 명 굶주려 죽어 가는 이웃이 있다
이상난동은 사막을 만들고
민족이 민족을, 잡은 자가 잡힌 자를
대적하고 내어 쫓고 억압하는 세계 속에
"누가 강도 만난 자의 이웃이 될까?"

감금하고 고문하며 소식도 없이 사라지는 사람이 있다.
총과 칼이 법위에 군림하고
긴급조치와 계엄령의 35개 나라들
그러나 입 다물고 눈감고 있는 교회에도
"정의의 강물은 흐르고 있는가?"

동그라미를 12개나 헤어야 하는
천문학적 부채가 위기를 잉태하고
핏덩이로 태어나며 빚덩이를 지어야 하는 핏덩이 들
있는 자의 풍요 뒤에 들리는 주님의 말씀
"너희는 나를 누구라 하느냐?"

입춘84 立春

음지에 남은 눈엔
겨울이 숨어 있고
앙상한 가지에 떨고 선 나무는
찬바람에 붙잡혀 떨고 있다.

어두운 가슴
허물은 차갑게 죄처럼 숨어 살고
허허로운 벌판 버려진 고아같이
사랑은 한이 되어 떨고 있다.

그대 곧은 목
반짝이는 십자가에 가려진 진실은
주의 삶을 덮으려는가?

오는 봄의 입김
생기 되어 가슴으로다가 올 때
나는 다른 아담, 너는
다른 하와 되어 맞으러 가자

주의 영이 임할 때 1

내 안의 새 생명 느꼈습니다
산 높은 곳에서 다가온 빛
깊은 골 들어와 불이 탑니다.

말리워지는 혀
떨리우던 몸, 아니
뜨거워 소리치던 불덩어리가
헝클어진 언어로 줄이 잡히고
끊임없는 죄악들이
고치에 실인 듯 풀려납니다.

주의 영이 임할 때 2

주의 영 임할 때
강같이 흐르던 물이
숫구쳐 솟는 샘이
등 타고 구르던 구슬이, 구슬에
범벅된 얼굴에 포개집니다.

잃었던 기억은 영상이 되고
타던 괴롬 씻기던 부끄러움들이
깨어진 형상, 형상으로 다가와
한 몸 됩니다.

주의 영이 임할 때 3

북간도 사모곡

주의 영 임할 때
고요 속에 세미히 들리던 음성

"내 너를 불렀고
내 너를 쓰고자 함인데
네 어찌 나를 피하느냐?"

크고 부드러운 손길
따뜻한 훈풍으로 주시던 말씀 불어와
내 속으로 불어와 속을 채운다.

밤 가고 하이얀
새벽이 온다.

욥의 노래

나의 봄을 노래하리 피는 봄의 꽃
순전하다 정직하다 이웃에 자랑 꽃
아이들 재롱으로 피는 웃음 꽃
양과 약대 소와 나귀 종들은 재산 꽃
베풀어 잔치하니 피는 칭찬 꽃

자랑이 허사니 사탄의 태풍
종 죽이고 짐승 뺏겨 타버린 광풍
아내마저 욕하고 돌아 선 역풍
병들어 슬픈 노래 겨울의 삭풍

겨울의 길목에서 노래하여도
진액도 정력도 능력도 지혜마저 잃어버려도
낙엽이요 검불이니 타버릴 재라도
꽃은 마르고 뜨거운 바람 불어 허사일지라도

그분은 나의 찬송 내가 노래할시라
적신으로 왔으니 적신으로 갈지라
주신자 그분이니 취하실 자도 그분이시라

나의 노래 된 북간도에서

아버지 가신 지 23년
어머니 여읜 지 21년

당신들이 계시잖은 이 땅 고아 된 몸으로
이 머언 북간도 꿈에도 못 볼 땅에
오늘도 오랑캐 작은 꽃들이 어렸습니다
당신들이 앞서 가신 나라를 바라며
가야 할 님의 나라가 멀지 않았음을 압니다

나무가 흔들리려 안 해도
바람이 가만히 있지를 않고
바람을 잡으려 해도 잡히지 않는 것을
나는 북간도 바람의 땅에서 바람을 잡습니다

죽음을 기다리던 이들에게 치병의 바람을
배움을 바라던 이들에게 공부의 바람을

밥을 바라던 이들에게 직업의 바람을
희망을 잃은 이들에게 삶의 바람을
신의를 잃은 이들에게 친구의 바람을
꿈을 잃은 노년들에게 웃음의 바람을
나는 그들의 바람으로 살고 있나이다

자식의 도움이 될지언정
결코 짐 되지 않으리란 당신들 바람처럼
세상의 도움이 될지언정
세상의 짐 되지 않으리란 바람으로
아버지 그리 살고 있습니다
어머니 그리 살다 가렵니다
당신들을 만나는 그날까지

아버지 40평생 명예로운 교장의 은퇴처럼
아버지만 바라던 어머니의 믿음처럼
살다 가는 날까지 바람과 바람으로

당신들을 바라며 살다 가렵니다
당신들을 만나는 그날까지
그날까지 그렇게
. . .

2012년 음력 6월 7일
60을 맞는 날에 북간도 강변에서

문희주(文熙周) ―――――――――――――――――――――――――――――――――

韓國 濟州道 出生
경주문예대학 졸업
한남대학교 한국어교사과정 수료
한국[문학21] 신인상 수상 시인 등단
한국[생활문학] 신인상 수상 문학평론가 등단
제주문인협회 회원
연변시인협회 회원
연변해양대학 부학장역임(기관학과 교수)
현재 연변문예대학 학장

시집: 『유채고장 피민 3월이우다』, 『갈매기의 꿈』, 『당신의 바다』, 『실크로드 순례자』,
　　　『열리는 새날에』
수필집: 『두만강변의 슬픔』, 『내 사랑 중국』
저서: 『열린 수업의 실제』, 『논문작성법 이론과 실제』, 『쉽게 배우는 논리학 기초』,
　　　『웃음의 미학과 놀이』 외 다수
월랑카페 http://cafe.daum.net/mooncafe
　　　　e-mail: ybmhj@hanmail.net

북간도 사모곡

초 판 인 쇄 ㅣ 2012년 7월 25일
초 판 발 행 ㅣ 2012년 7월 25일

지 은 이 ㅣ 문희주(文熙周)
펴 낸 이 ㅣ 채종준
펴 낸 곳 ㅣ 한국학술정보㈜
주　　　소 ㅣ 경기도 파주시 문발동 파주출판문화정보산업단지 513-5
전　　　화 ㅣ 031) 908-3181(대표)
팩　　　스 ㅣ 031) 908-3189
홈 페 이 지 ㅣ http://ebook.kstudy.com
E-mail ㅣ 출판사업부　publish@kstudy.com
등　　　록 ㅣ 제일산-115호(2000. 6. 19)

ISBN　　978-89-268-3526-5 93810 (Paper Book)
　　　　978-89-268-3527-2 98810 (e-Book)

이담 Books 는 한국학술정보(주)의 지식실용서 브랜드입니다.

이 책은 한국학술정보(주)와 저작자의 지적 재산으로서 무단 전재와 복제를 금합니다.
책에 대한 더 나은 생각, 끊임없는 고민, 독자를 생각하는 마음으로 보다 좋은 책을 만들어갑니다.